martine
chez tante lucie

GILBERT DELAHAYE - MARCEL MARLIER

Tante Lucie a proposé aux parents de Martine :

– Qu'elle vienne passer quelques jours à la maison. La vie à la campagne, c'est merveilleux.

Papa et maman ont dit oui… Martine fait sa valise et la voilà partie, des projets plein la tête…

Elle arrive chez tante Lucie. On décharge les bagages.

Aussitôt César, le dalmatien, accourt. Il aboie. Il est si heureux ! Vous parlez d'une surprise !

– Est-ce que tu vas rester longtemps, Martine ?

– Au moins une semaine.

– Chic alors ! Je vais t'apprendre à courir après la balle, à sauter, à te rouler dans l'herbe. On sera de vrais amis, tu verras.

martine

histoire d'un jour

8 récits illustrés par marcel marlier

Martine chez tante Lucie
Martine à l'école
Martine a perdu son chien
Martine et le chaton vagabond
Martine a une étrange voisine
Martine, un mercredi pas comme les autres
Martine, il court, il court le furet
Martine découvre la musique

casterman

http://www.casterman.com
D'après les personnages créés par Gilbert Delahaye et Marcel Marlier / Léaucour Création.
ISBN 978-2-203-10731-1

– Il fait beau, il fait beau… Tout le monde en voiture!… Et que ça saute!… dit Amigo.

Amigo, c'est le perroquet de tante Lucie. Il raconte tout ce qui lui passe par la tête. Il fait des clins d'œil. C'est un drôle d'oiseau.

Dans le jardin de tante Lucie, il y a un colombier qu'il faut repeindre. C'est un plaisir de s'occuper ici. Des colombes, en voilà quinze, vingt peut-être… Elles arrivent de tous les côtés à la fois…

L'une d'elles ne craint pas de se poser sur l'épaule de Martine. Elle n'est pas farouche :

– Venez voir la petite fille sur une échelle !

– Attention au vernis ! prévient Martine.

Le chat du voisin est un acrobate.

– File de là ! disent les colombes. Tu n'es pas chez toi ! Espèce d'effronté !

Tiens, un canard est entré dans le jardin !

– Viens ici, que je t'attrape !

– Jamais de la vie… coin, coin, jamais de la vie !

– Gare à toi si tu abîmes les fleurs de tante Lucie !

D'où sort-il, celui-là ?

– C'est Pipo, mon canard. Il est passé à travers la haie, dit Christophe, le garçon du fermier. Laisse-moi t'aider. Je vais l'attraper tout de suite.

Tenir un canard dans ses bras n'est pas une petite affaire ! Il faut avoir l'habitude. Pipo n'aime pas cela du tout. Il se débat :

– Lâchez-moi ! Lâchez-moi donc ! Je n'ai rien fait. En voilà une histoire, coin, coin !...

Allons bon... il pleut maintenant !

– Si on allait pêcher des rainettes ?

– Des rainettes ? Où ça ?

– À la fontaine, pardi ! J'en ai vu.

Drinn… drinn… drinn… le téléphone sonne…

C'est maman qui demande des nouvelles.

Martine répond :

– Je vais très bien. Je t'embrasse fort, fort. Tante Lucie aussi… Christophe, le fils du fermier, est très gentil. Il a un canard qui s'appelle Pipo… J'ai repeint le pigeonnier. Hier, on est allés à la pêche aux grenouilles. Aujourd'hui, il pleut. On ne peut pas sortir. On se déguise avec les vieux chapeaux et les robes de tante Lucie. Patapouf s'amuse avec César, le dalmatien… Dans le grenier, on a trouvé un drôle de phonographe. Il marche encore…

La pluie, toujours la pluie…
Il fait un temps à ne pas mettre un chien dehors.
Quand il pleut, Patapouf est insupportable.
César ne tient pas en place :

– S'il te plaît, Martine, viens jouer avec nous.

– Je veux bien. Nous allons faire des bulles.

– Des bulles ? Comment ça ? Montre-nous !

– Ce n'est pas difficile. Je vais vous en préparer tout de suite.

– Dépêche-toi, Martine, dépêche-toi donc !

– Minute !… Un peu de patience, les amis !…

Des bulles, des bulles, en voilà tant que vous voulez… Elles éclatent, pif, paf, sur le bout du museau. Elles sont légères comme des plumes. Elles montent, montent.

Hop ! les voilà qui s'échappent…

– Moi, dit Patapouf, je voudrais être une grosse bulle.

– Et moi, un oiseau. Ou bien une libellule. Ou quelque chose comme ça. Si j'avais des ailes, explique César, je volerais loin, loin, de l'autre côté de la montagne.

– Il fait beau, il fait beau… Tout le monde en voiture !…

– Le perroquet doit avoir raison. Hier soir, j'ai vu un arc-en-ciel. C'est bon signe, dit tante Lucie. Je vous emmène en promenade. Allons, embarquez, nous partons.

Zut ! Le démarrage est plutôt difficile.

– Que faire ?

– Je crois que j'ai oublié de mettre de l'essence dans le réservoir. Quelle déveine !

Non, ce n'était qu'un petit caprice du moteur.

Ouf !… il se met en marche !

– Si tu vas à la montagne, a dit l'institutrice de Martine, tu trouveras toutes sortes de plantes. Exactement celles qu'il te faut pour ton herbier.

C'est une aubaine. Profitons-en !

Mais surtout, ne pas abîmer les feuilles ! Elles sont si fragiles. On dirait de la dentelle. Nulle part on n'en voit de pareilles.

Dans les herbes, sous les feuilles, entre les cailloux du ruisseau, vivent des insectes par milliers.

Les savants les appellent : coléoptères, archiptères, lépidoptères, etc. Ce sont des noms bizarres.

Mais bête à bon Dieu, demoiselle, vanesse, belle-dame, papillon, c'est tellement plus joli !

Voici déjà le soir… C'est l'heure de rentrer.

– Tiens, la chèvre là-bas s'est détachée. Il faut la rattraper.

Trop tard. Elle a disparu.

– Courons prévenir le fermier.

– Attends-moi, Martine !

Martine revient sur ses pas :

– Dis donc, Christophe, tu es tombé ?

– Je me suis accroché au fil barbelé !

Au loin, tante Lucie appelle :

– Hé, ho !… Les enfants… Hé, ho !…

– Voilà, voilà, on arrive !…

De retour à la maison, tante Lucie répare les habits déchirés.

Christophe a les genoux tout égratignés.

– Laisse-moi te soigner, dit Martine, sinon qu'est-ce que ta maman va dire ?

Tout de même, on a passé une bonne journée !

– Crois-tu que la chèvre s'est perdue ?

– Oh non ! Elle connaît le chemin.

– Tu vois les fleurs que j'ai cueillies dans la campagne ?

– Que vas-tu faire avec tout ça ? De la tisane ?

– Non, je vais confectionner un herbier.

– Un herbier, qu'est-ce que c'est ?

– C'est une collection de plantes. Le plus difficile, c'est de les conserver à plat.

– Comment t'y prendras-tu ? D'abord, je les mets sécher comme ça entre des feuilles de papier…

– Et après ?

– Après, quand elles sont bien sèches, je les colle dans mon album. Je marque le nom de chaque fleur au bas de la feuille et l'endroit où je l'ai trouvée.

Avec les plantes de Martine, tante Lucie a réalisé aussi ce délicat sous-verre. Elle le lui donne comme souvenir.

Finies les vacances chez tante Lucie. C'est papa qui sera surpris de voir l'herbier de Martine. Il n'est pas complet, bien sûr, mais ce sera pour une autre fois. Il y a tant de fleurs à découvrir dans la campagne !...

On se quitte bons copains.

– Est-ce que tu reviendras bientôt ?

– Mais oui, Christophe, répond tante Lucie. Martine reviendra aussi souvent qu'elle voudra.

martine
à l'école

GILBERT DELAHAYE - MARCEL MARLIER

Lundi matin : dans la cour de l'école,
les conversations sont animées.

– Ce week-end, on a fait une énorme promenade à vélo.

– Moi, je suis restée à la maison, on s'est déguisés avec de vieux vêtements de mammy pendant que papa regardait la télévision.

– Montre ce que tu as dans ton panier, demande Martine à Stéphanie.

– C'est une souris blanche que j'ai gagnée à la foire.

– Une vraie ?

Martine n'a pas le temps d'interroger davantage son amie. La maîtresse appelle avec insistance les retardataires.

Chacun range ses affaires dans le vestiaire.
– Je vais cacher ma souris au-dessus de l'armoire, dit Stéphanie.
– Tu ferais mieux de garder cette bête à la maison. Ici, tu risques d'avoir des ennuis.
– Je ne peux pas à cause de mon chat. Mais, ce soir, j'irai la porter chez mon cousin Nicolas.

– C'est toi la nouvelle ? demande Martine.
– Oui, je m'appelle Cynthia… Je suis un peu perdue, tu sais.
– La classe est au fond du corridor. La maîtresse est sympa. Tu verras… Suis-moi. Je vais te guider.

– Voici Cynthia, dit Martine en entrant dans la classe avec la nouvelle élève.
Dans la classe, c'est un peu la fête. On l'attendait avec impatience. Quelques jours plus tôt, la maîtresse avait annoncé son arrivée.
– C'est une Indienne, dit François à l'oreille de Laurence.
– Tu n'en sais rien !
– Ça se voit bien !...
La maîtresse nous en a parlé l'autre jour. Évidemment, tu n'as pas écouté !
– Cynthia, voici tes nouveaux compagnons : Martine, Stéphanie, François, Laurence... toute la classe, dit la maîtresse.
– Est-ce que Cynthia peut s'asseoir à côté de moi ?

– Oui. Mais il faudra que tu lui expliques un peu la vie de la classe... Maintenant regagnez vos places.
Nous allons commencer par la leçon de géographie et poursuivre notre découverte du monde. Qui sait où se trouve l'Inde ?
– L'Inde se trouve en Asie, mademoiselle.
– Veux-tu nous montrer ce pays sur le globe terrestre ?
– C'est ici, près de la Birmanie.
– L'Inde, c'est loin ? demande Martine.
– Bien sûr ! Il faut prendre l'avion pour y aller.

INDE
MALDIVES
SRI LANKA

Près de l’école se trouve la bibliothèque publique. L’institutrice y emmène régulièrement ses élèves. Ici, on ne s’ennuie jamais. Dans la salle de lecture, on trouve des albums, des romans, des livres de science, des revues. Tous ces ouvrages sont numérotés, enregistrés, rangés dans les rayons.
On s’inscrit à l’entrée, auprès de la bibliothécaire :
– Pas tous en même temps, voulez-vous…
Un peu de patience !
Martine aimerait emporter tous les livres de la bibliothèque.
– Il est chouette, celui-là. C’est une encyclopédie.
– Celui-ci, je l’ai lu. Il te plaira sûrement.

À la récréation, tous les élèves se retrouvent dans la cour… Tiens, un petit qui pleure !

– Qu'est-ce que tu as ? Tu es tombé ?

– J'ai perdu mon ticket. Je ne pourrai pas déjeuner à la cantine.

– Ne t'inquiète pas. Tu vas le retrouver. Tu verras…

Et toi, Sébastien,
tu as mal à la tête ?…

– Je garde mon bonnet parce que j'ai toujours froid.

– Eh bien ! ne reste pas là, gros bêta ! Va donc jouer avec tes camarades. Ça te réchauffera. La récréation, c'est fait pour ça !

– Viens dans la ronde, viens vite, Martine ! dit Cynthia.

– François, David, Stéphanie, donnez-vous la main. Nous allons passer sous le pont. Par ici, par ici… suivez la chenille !

Finie, la récréation ! La maîtresse explique aux enfants le nouveau travail qu'ils auront à réaliser :

– Nous allons écrire une lettre au directeur du journal pour lui demander l'autorisation de visiter son imprimerie.

– Vous croyez que nous obtiendrons une réponse ?

– Est-ce que nous verrons comment on imprime le journal ?

– Cela dépendra de la façon dont vous rédigerez votre demande. Vous devez lui expliquer clairement ce que vous désirez : c'est le sujet de votre lettre. N'oubliez pas de terminer par une formule de politesse. Vous préparez le brouillon par groupes. Quand vous aurez terminé, nous choisirons les meilleurs textes. D'accord ?

Écrire une lettre, ce n'est pas si simple. Et pourtant, les idées ne manquent pas, mais François et Valérie ne sont pas d'accord sur le choix des mots.
– Il ne faut pas bouder, François ! Si tout le monde boudait, on ne pourrait plus travailler ensemble, dit la maîtresse.
Elle examine les copies et corrige les phrases boiteuses. Le brouillon terminé, il s'agit de recopier le texte. Valérie, qui a une belle écriture, fera cela très bien. Il ne restera plus qu'à rédiger l'adresse correctement sur l'enveloppe, sans oublier le code postal.

Bien sûr, en classe on fait du calcul, de la géographie, des dictées mais aussi du bricolage, des mimes et deux fois par semaine, de la gymnastique.

– Attrape le ballon, Martine ! Non, pas comme ça. Avec les deux mains. Tu y arriveras, c'est une question d'entraînement.
– Allez, allez… Au suivant ! c'est un exercice qui exige de la souplesse.
Emmanuel ne participe pas au cours cette semaine, parce qu'il a le bras fracturé. Il a été renversé par une moto.

À midi, on déjeune à la cantine. Chacun va chercher son plateau sur le comptoir : l'assiette garnie, les couverts, le pain… sans oublier le verre ni la paille pour boire un jus de fruit.

– Tu as une nouvelle copine ?

– Elle s'appelle Cynthia, répond Martine.

– Et ce ticket ?… Tu l'as retrouvé, Frédéric ?

– Oui, merci. Il était dans ma trousse.

– Ce garçon, que lui est-il arrivé ?

– Il s'est fracturé le bras. Il ne peut pas couper sa viande lui-même.

Cet après-midi, la classe est très excitée.
Les petits et les grands se réunissent en atelier collectif.
– Nous allons travailler un poème de Prévert, propose la maîtresse.
Et ensuite nous l'illustrerons avec des dessins. Qui veut le raconter ?
Personne ?...

– Je veux bien essayer, dit Martine.
– Parfait. Nous t'écoutons…
– C'est l'histoire de deux escargots qui vont à l'enterrement d'une feuille morte. Cela commence en automne. La pluie tombe. Le vent gémit. Dans le verger, les arbres sont en deuil.
– Que se passe-t-il ensuite ?
– Les escargots prennent le car pour Paris.
– Le car pour Paris ! En voilà une idée !
– Ils sont en retard. La route est longue… Quand ils arrivent, c'est déjà le printemps… Mais oui, le printemps !
– Évidemment, des escargots !… Et alors ?
– Alors, les feuilles qui étaient mortes sont toutes ressuscitées. Le soleil invite les escargots à s'asseoir. On trinque avec les amis des bois et des champs. Il y a des couleurs partout. C'est la fête.

Ainsi s'achève l'histoire des deux escargots. Il ne reste plus qu'à se mettre à l'ouvrage. Où est la gouache pour colorier le verger, les arbres, les animaux ? Attention, gare aux taches ! Les artistes en herbe confectionnent des tabliers avec des sacs en plastique. Ainsi leurs vêtements resteront propres...
Une fillette dessine des animaux curieux : les escargots ont des antennes qui ressemblent à des tulipes. Cynthia dessine l'autocar des escargots. Il est jaune. Il n'avance pas vite, la route monte, monte.

François découpe les décors dans un prospectus : une maison avec un toit rouge et un verger tout autour. Les feuilles tombent : des jaunes, des rousses, des brunes.
Martine préfère le printemps, à cause des fleurs et des oiseaux.
– Est-ce qu'on peut emporter son dessin à la maison, mademoiselle ?
– Moi aussi, j'aimerais le montrer à maman.
– Bien sûr !… Nous allons exposer les travaux en classe. Ensuite, vous pourrez les ramener chez vous.

Rangez tout dans vos cartons et rincez vos pinceaux. Il fait un temps magnifique. Profitons-en pour descendre à la rivière. Nous observerons ce qui se passe au bord de l'eau. Vous prendrez des notes dans votre cahier de rédaction…

– Est-ce qu'on pourra pêcher des épinoches, mademoiselle ? demande François.

– Et des grenouilles ? ajoute Frédéric. J'en ai vu l'autre jour dans les roseaux. Elles ont des yeux comme des billes. Elles font des bulles et plongent pour attraper les insectes… plouf !

– Il faudra les remettre à l'eau. Sinon, plus d'œufs, plus de grenouilles, dit la maîtresse.

– Pourvu qu'on trouve des têtards !
Nous les rapporterons à l'école.
On les mettra dans l'aquarium et,
quand ils auront grandi, nous les
reverserons à la rivière.
Les têtards sont amusants.
Ils zigzaguent. Ils frétillent.
Ils ne restent jamais tranquilles.
– Qui va nettoyer l'aquarium ? Qui va renouveler l'eau régulièrement ? Si personne ne le fait, les têtards vont manquer d'oxygène et ils mourront, rappelle l'institutrice.
– Nous ferons le nécessaire. C'est promis, dit Martine.

La sonnerie retentit : c'est fini pour aujourd'hui.
Les enfants rangent rapidement leurs affaires.
Il ne faut rien oublier, surtout pas son journal de classe ; sinon, pas moyen de faire ses devoirs à la maison. Gare aux têtes en l'air !
Les plus pressés sont déjà dehors. À la sortie de l'école, les parents attendent, des voitures font la file.
– Et alors, comment s'est passée cette première journée ? s'informe la maman de Cynthia.
– Regarde, maman, c'est Martine, ma nouvelle amie, répond celle-ci.

Les autres attendent le car. Les cartables s'entassent dans la cour de l'école. Stéphanie a récupéré son panier avec la souris blanche.

– Pourvu que Nicolas veuille bien la garder et qu'il ne la laisse pas s'échapper !

– Voici le car ! Le chauffeur rassemble les élèves à coups d'avertisseur.

Martine, le cartable sur le dos, enfourche sa bicyclette :

– Bonsoir !… À demain, Cynthia.

Elle est heureuse. Sa nouvelle copine a vraiment l'air sympathique !

– Au revoir, Martine ! Surtout n'oublie pas de déposer la lettre à la poste… la lettre pour le directeur du journal.

martine
a perdu son chien

GILBERT DELAHAYE - MARCEL MARLIER

Martine habite la Résidence des Sapins.
Devant la Résidence, il y a un parc à voitures, des bancs, de la verdure. C'est là que les enfants se retrouvent. Ils roulent à vélo sur le macadam, ils font du patin à roulettes ou jouent à la marelle.
Martine et Jean occupent le troisième étage de l'immeuble, Christophe le quatrième.

Dans le hall, ils rencontrent le facteur. Il distribue le courrier dans les boîtes aux lettres.
– Allons nous amuser dehors, propose Christophe.
– On jouera aux Indiens.
– Oui, mais je dois prévenir maman… Je n'arrive pas à la hauteur du parlophone. Tu veux bien m'aider ?

Maman est d'accord. Martine peut emmener Patapouf, à condition de le tenir en laisse.
– Je suis Bison l'Intrépide.

– Moi, Œil-de-Lynx, ajoute Martine.
– Christophe, tu seras le cow-boy plus rapide que l'éclair !

Tout le monde est très excité !
Qu'entend-on tout à coup ?

Ce sont les chats du voisinage qui se bagarrent. Patapouf ne supporte pas de les entendre. N'écoutant que son instinct, il se lance à leurs trousses.
– Ici, Patapouf… Ici ! crie Martine.
Enfants, chiens, chats, tout le monde se poursuit. Les chats, effrayés, font des bons immenses.
– Reviens tout de suite, Patapouf !

Mais Patapouf fait la sourde oreille… et la course continue.
Après avoir traversé un terrain vague, le petit groupe arrive sur un chantier.
Des ouvriers y construisent un immeuble.

– Attention, les enfants ! Ne restez pas ici. C'est dangereux.
Sur le chantier, une pelleteuse, un camion. Les terrassiers sont au travail… Le temps d'éviter un bulldozer et psitt… plus de chats, plus de Patapouf !
Pauvre Patapouf ! il va sûrement s'égarer.

Un ouvrier emploie un marteau pneumatique. Quel vacarme ! Il arrête sa machine.
– Avez-vous vu où est allé mon petit chien ?
L'homme se retourne, lève le bras :
– Il est parti de ce côté-là avec les deux petits chats.

… Et de ce côté-là, c’est la ville.
C’est-à-dire : les avenues, les boulevards, les piétons, les autos, les bus, les carrefours, les signaux.

Comment retrouver Patapouf dans cette cohue ? Mieux vaudrait chercher une aiguille dans une botte de foin. Mais on ne peut pas l’abandonner. Le signal est rouge. Il ne faut pas traverser la chaussée.

Le bonhomme vert s’allume.
Les piétons peuvent passer.
Martine, Jean et Christophe franchissent le carrefour dans le passage protégé.
Justement, il y a eu un accident.

– Je vais demander à cet agent si Patapouf… ?
– Mais non, tu vois qu’il est occupé.
– Ne perdons pas notre temps.
– Pourvu que Patapouf ne se soit pas fait écraser !

– Allons voir place du Marché. Je suis certain qu'il est là, dit Jean. Sur la place, les marchands de volaille ont installé leurs cageots remplis d'oies, de canards, de poules et de poussins. On y trouve aussi d'autres animaux : des chèvres, des chiens, des chats…

– Vous voulez acheter un petit chat ? demande une fillette assise sur une caisse.
– Non, répond Martine. Nous avons perdu notre chien. Il s'appelle Patapouf.
– Nous ne l'avons pas aperçu par ici, répond un marchand. Renseignez-vous plus loin.

Une idée sombre traverse l'esprit de Martine :
– Et si on avait volé Patapouf ? dit-elle.
– On ne vole pas un chien comme ça. C'est ridicule.
Jean hausse les épaules. Martine pourtant n'est pas rassurée.
Arrive un garçon qui a tout entendu :
– Vous cherchez un petit chien ? Moi je l'ai vu dans la rue des Trois Baudets.
– C'est où la rue des Trois Baudets ?
– C'est par là, à gauche, et puis la deuxième rue à droite. Dépêchez-vous si vous voulez le rattraper.

Un rien suffirait pour que Martine et Patapouf se rencontrent. Hélas ! le hasard en a décidé autrement. En courant, Patapouf s'est éloigné davantage. Il file droit devant lui sans savoir où il va.
Toutes les chances de le retrouver se sont envolées d'un coup. Dans ce quartier, Patapouf ne connaît personne. Des enfants aimeraient bien jouer avec lui mais Patapouf n'en a pas envie, il voudrait rentrer à la maison.

Un monsieur à l'air aimable lui dit :
– Où cours-tu comme ça, mon ami ?
Manifestement, Patapouf ne le sait pas lui-même.

Serait-il au marché aux puces ?…
– On devrait le poursuivre en calèche. Ce serait moins fatigant, dit Christophe.
– Tu n'y penses pas ! Ça coûte trop cher.

Patapouf est peut-être descendu dans le métro.
– Qu'aurait-il été y faire ?
– Qui sait ? Allons voir quand même.
Dans la station de métro, les gens vont et viennent.
Les voitures défilent en grand nombre.
Leur grondement est assourdissant.
Christophe n'est pas à son aise :
– Sortons ! Tu vois bien que Patapouf n'est pas ici.

Martine est inquiète. Elle commence à désespérer.
– On ferait mieux d'abandonner, dit-elle.
– Et s'il était dans la rue piétonne ?
– Demandons à ces gens installés à la terrasse du café…
– Pardon, madame, n'avez-vous pas aperçu notre petit chien ?
– Il est grand comme ça. Il a de courtes pattes et de longues oreilles.
– Un roux ?
– Oui, madame.
– Je crois que je l'ai vu près de la fontaine. Il était occupé à boire.
Mais ça fait un bout de temps.

Hélas ! À la fontaine, point de Patapouf.
– Il faut renoncer à le poursuivre. Nous sommes trop loin de la maison !
– J'ai une ampoule au talon, dit Martine.
– Asseyons-nous.
Tout est calme. Des musiciens jouent de la guitare. Un artiste dessine à la craie sur le sol. L'eau clapote dans le bassin.
Les Indiens ôtent leurs chaussures, ils sont épuisés.
– Comment allons-nous rentrer à la maison ?

– Si nous téléphonons à papa, il viendra nous chercher.
– Tu sais bien que la voiture est en réparation.
– Prenons l'autobus. Il me reste un peu de monnaie.
– Moi aussi… Nous avons suffisamment d'argent pour retourner à la maison.

L'arrêt du bus est à deux cents mètres.
– Justement, le n° 6 arrive. Nous avons de la chance.

Martine, Jean et Christophe descendent à la Résidence. Quel soulagement !
papa était très inquiet.
– Que vous est-il arrivé ? dit-il.
– Nous étions occupés à jouer quand Patapouf s'est sauvé. Nous l'avons poursuivi jusqu'en ville. Et puis nous l'avons perdu.

– Nous le retrouverons, dit papa, tu verras... Tu marches pieds nus, maintenant ?
– Je n'en pouvais plus, mes chaussures me font mal.

– Tu as perdu ton chien ?
– Comment est-ce arrivé ? Tu aurais dû le tenir en laisse.
– …
– Ne pleure pas, Martine, dit un garçon à bicyclette. Avec mon vélo, je le rattraperai sûrement. Qu'est-ce que tu paries ?
– Laisse-la donc tranquille. Tu vois bien qu'elle a du chagrin.

La nuit est tombée sur la ville, les enseignes lumineuses clignotent. Les néons scintillent aux fenêtres des buildings. Le long des avenues filent les voitures. Elles virent à droite, à gauche, s'entrecroisent.

Les feux rouge et vert font des clins d'œil.

Martine a bien de la peine. Elle songe à Patapouf égaré.

– Passera-t-il la nuit dehors ?

– Quelqu'un lui donnera-t-il à manger ?

Mais voilà qu'on sonne à la porte…

C’est l’agent du quartier en tenue de sport.
Il tient Patapouf dans ses bras !
– Je m’entraînais après mon service, du côté de l’Esplanade.
J’y ai croisé Patapouf. Il semblait tout perdu.
Je l’ai conduit chez nous où il a bu et mangé.
À l’avenir, mettez-lui un collier avec votre adresse.

– Oh merci, dit Martine, enfin rassurée.
Patapouf ne se sent plus de joie.
Martine lui fait la fête.

martine

et le chaton vagabond

GILBERT DELAHAYE - MARCEL MARLIER

À l’occasion de son anniversaire, Martine a reçu un journal.
C’est un cadeau de tante Lucie. Elle y écrit les événements de tous les jours.

Aujourd’hui dimanche 21
Nous sommes allés pique-niquer avec Jean au bord de la rivière. Maman a préparé toutes sortes de bonnes choses. On s’est installés dans la barque de grand-père qui vient souvent pêcher ici.

Il a fait chaud.
On était bien au bord de l’eau, dans la verdure !

J’aime beaucoup cet endroit. Il y a des poules d’eau, des grenouilles, toutes sortes d’oiseaux et aussi, parfois, des chats perdus, abandonnés par leurs maîtres…

Nous avions le dos tourné quand tout à coup… Un chat sauvage a attrapé une cuisse de lapin. J’étais fâchée. J’ai voulu le chasser. La barque a basculé. Jean est tombé à l’eau.

– Hou ! voleur. Va-t’en, vilain chat !

– Ce n’est pas un chat, a crié Jean qui sortait de l’eau… C’est une chatte… Elle attend des petits.
– Ah bon ! Tu crois ?…

Aussitôt, j’ai eu des remords :
« Reviens, reviens, Minouchette ! »

On a réussi à l’amadouer.
La chatte a mangé tout ce qu’elle voulait.
Mes amis, quel appétit !…

Une fois le repas terminé,
Minouchette a fait sa toilette.
– Laissons-la tranquille !

Comme on n'avait plus très faim et qu'il faisait très chaud, on s'est baignés dans la rivière.

Heureusement, on avait emporté nos maillots. L'eau était tiède et claire.
On s'amusait comme des fous.

À cet endroit se trouve un cabanon.
Grand-père y range ses outils.
C'est très pratique pour se rhabiller.

Mais là, une surprise nous attendait…

La chatte Minouchette s'y était réfugiée pour mettre bas et maintenant, voilà qu'il y avait cinq chatons dans le fauteuil de grand-père !

Quelle histoire !

On ne pouvait pas les enfermer dans le cabanon.
Pas question, non plus, de les abandonner sans abri.
Ils étaient si petits, si fragiles !…
– Si on les emmenait à la maison ? dit Jean.
– Penses-tu ! Maman ne voudra jamais !
– Il leur faudrait une niche.
– Cette caisse fera l'affaire.

– Mettons-y une vieille couverture et un coussin pour que les chatons n'aient pas froid.
– Là-dedans, ils seront très bien.

Samedi 27
Cette nuit, il a fait un orage terrible. Je me suis réveillée en sursaut.

J'ai couru fermer la fenêtre. La pluie tambourinait sur les vitres. J'ai vu un arbre s'abattre dans le jardin du voisin…
Il y a eu une panne d'électricité.

Pauvre Patapouf. Comme il tremblait !
– Est-ce que c'est le déluge ?
– Mais non !... Mais non !...
J'avais beau rassurer Patapouf, j'étais très inquiète à cause des chatons. Je me disais : « Si la rivière déborde, ils vont se noyer ?... Si la tempête renverse la caisse, ils seront étouffés dessous, blessés peut-être ? »

Dimanche matin 28. La tempête se calme. Je file à bicyclette jusqu'au cabanon...

Ouf ! Les chatons sont sauvés !
Non, pas tous. Il en manque trois. Que sont-ils devenus ?
Les reverra-t-on jamais ?

Quelques semaines plus tard…
Je n'ai pas revu les trois chatons perdus.
J'ai du chagrin.

Ces deux-là, par contre, grandissent à vue d'œil. Ils commencent à circuler autour de la caisse. L'un s'appelle Boule. L'autre, c'est Plume. Je les soigne bien.
Boule est très gourmand :
– Allons, recule ! Il faut laisser manger ton frère !

Plume est un petit chat timide.
Il ne ferait pas de mal à une souris. Il ne pèse pas plus lourd qu'un moineau.
C'est celui-là que je préfère.
« Comme j'aimerais le caresser ! »

Samedi 24

Plume s’amuse avec un rien :
une marguerite, un chiffon de papier,
une plume, un brin de paille.

J’ai tout essayé pour l’apprivoiser.
Mais il se tient toujours sur ses
gardes.
« Faisons semblant de dormir.
Il se laissera peut-être
amadouer ?… »
Il s’approche. Il est tout près.
Je vais pouvoir l’attraper.

Quand j'ai voulu le prendre dans mes bras, Plume a bondi comme un ressort.
– Non, attention ! par là c'est la rivière !…
Plus on criait, plus il détalait.

Rien ne pouvait l'arrêter. Il courait, courait sans prendre garde au danger.
– Il va tomber à l'eau… Tu crois qu'il sait nager ?
– Rattrapons-le !

De l'autre côté de la rivière, Plume a grimpé le long d'un arbre.

Là-haut, pris de panique, il a voulu redescendre. Mais il n'osait plus bouger.

– Pauvre Plume ! s'il tombe, il va se casser les reins.

Je ne pouvais pas abandonner ce petit chat étourdi à son infortune.

Vite, on est allés chercher l'échelle, près du cabanon.
Elle était trop courte. En plus, Jean avait le vertige.

Le chaton miaulait, miaulait…
Que faire ?

À mon tour, j'ai grimpé dans l'arbre.
– Je viens, Plume, je viens.

C'était haut !
Le vent agitait les branches.
Une guêpe bourdonnait.
J'avais peur.

Jean criait :
– Tiens bon !…
Tu es presque arrivée.

J’étais tout près de
Plume. Il ne pouvait plus
m’échapper. Je l’ai pris dans
mes mains. Son cœur battait, battait.

Je l’ai ramené à terre avec précaution.
Il était sain et sauf. Je l’ai rassuré avec des câlins.
Il s’est laissé cajoler.

Mercredi 5
Plume est devenu mon ami. On s’entend bien, tous les
deux. Chaque fois que je peux, je viens lui tenir
compagnie.

Aujourd'hui, rien ne va plus. Minouchette s'est mise en colère. Elle rejette Plume et Boule, car elle attend à nouveau des petits.

Samedi 8

Que vont devenir Plume et Boule ?
Il faudrait les ramener à la maison.
Papa est d'accord, mais…

… à une condition :
– Ils nicheront dans la remise !

On allait se mettre en route…
Zut ! zut ! et zut !

Ma bicyclette avait une fuite !
Alors je me suis installée sur le vélo de Jean.

Nous sommes arrivés au champ de maïs, là où j'avais quitté Plume la dernière fois.

Plus de maïs ! On avait fauché le champ.

Où donc était passé Plume ?

– Là-bas ! le voilà !

– Mais tu vois bien que c'est un lièvre !

Le pêcheur, au bord de la rivière, n'avait pas aperçu les chats depuis jeudi.

Plume n'était pas au cabanon. Boule non plus.

Un tracteur passait sur la route.

On a interrogé le fermier.

– Plume et Boule ? Bien sûr que je les ai vus. Ils couraient dans le maïs. J'ai failli les écraser avec mon tracteur. J'ai pensé qu'ils seraient plus en sécurité dans la grange. Venez donc les voir quand vous voulez.

Dimanche 9 : Nous sommes allés voir Plume et Boule chez le fermier. On était un peu tristes. On aurait préféré les avoir chez nous. Mais on était rassurés. À la ferme, ils ne manqueraient de rien… Et puis, à la maison, ils se seraient sûrement bagarrés avec Moustache.

martine
a une étrange voisine

GILBERT DELAHAYE - MARCEL MARLIER

À côté de chez Martine habite une sorcière.
– Elle s'appelle Cyclamen Citrouille, dit Nicole.
Cyclamen Citrouille a des cheveux jaunes.
Avec une mèche orange, et elle se met
du vert avec du rouge sur les yeux.
Elle a deux chats noirs.
Elle n'a pas peur des crapauds.
Elle mange de la soupe d'orties.
Elle parle toute seule dans la rue.
La maman de Nicole a des verrues sur les mains
depuis qu'elles se sont disputées pour une histoire
de panier à linge.
Quand elle écoute son amie lui raconter tout cela,
le soir au jardin, Martine a des frissons dans le dos.
Et des cauchemars la nuit. D'autant plus que
Moustache a disparu depuis deux jours.

Pour Nicole, il n'existe qu'une
coupable possible :
Cyclamen citrouille !
– On n'a qu'à aller voir chez elle
demain ! Il suffira de sauter
le mur de son jardin.
Martine pense qu'elle a raison.
Pourtant, elle est un peu
embêtée d'entrer ainsi
chez les gens.
– Il faut bien retrouver
Moustache ! dit Nicole.

Le lendemain, les petites filles s'approchent de la maison voisine en se cachant sous les buissons.
La sorcière est-elle chez elle ? Est-elle sortie ? Elles ne l'ont ni vue, ni entendue.
– D'habitude, à cette heure-ci, elle n'est pas là…

En plus, la porte de bois vermoulu du jardin
est ouverte.
Elles n'ont même pas besoin de sauter le mur.

Bien entendu, elles ont peur, mais elles se forcent à avancer jusqu'à la maison. Elles écrasent leur nez contre les fenêtres, personne… et, sur le côté, la véranda est ouverte aussi.

– Allons-y…
Leurs jambes tremblent.

A l'intérieur, un perroquet
bleu les observe d'un
œil narquois.
Heureusement, ce n'est pas
un vrai perroquet,
il est empaillé.

– Berk ! le couloir sent mauvais…

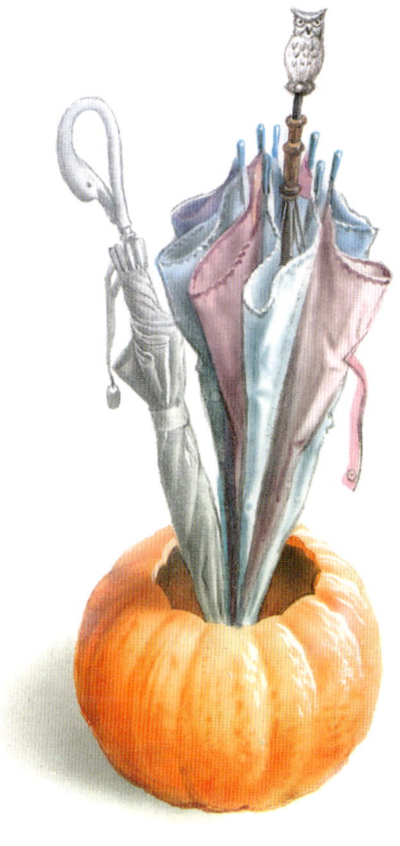

Dans la salle d'eau, elles
perçoivent une forme
verte au fond de la baignoire ;
ça pourrait être un crocodile,
mais c'est seulement
une serviette tombée du fil.
– Ho !…
Des pantoufles derrière
le rideau de la douche !
Y a-t-il quelqu'un ?
Non, les pantoufles sont vides,
abandonnées là par hasard.

– Moustache !… Moustache !…
Deux matous noirs sont endormis sur un coussin du séjour.

Ils ouvrent un œil puis le referment aussitôt.

Plus loin, elles découvrent une petite pièce avec une glace, plein de produits de maquillage et un mannequin d'osier.

– Moustache !…

Martine entraîne Nicole vers la cuisine.

– Je me demande ce qu’il y a là-dedans, dit Nicole en soulevant le couvercle d’un gros chaudron de cuivre.
Cyclamen Citrouille n’aurait quand même pas mis Moustache dans sa soupe ?

Le chaudron est à moitié plein d’une chose verdâtre et grise. Un potage de poireaux très cuit ?
Des épinards moisis ?
Les enfants sont sûres qu’il s’agit plutôt d’une recette de sorcière.
Un mélange affreux capable de vous transformer en chauve-souris, en fourmi, en mouche ou en araignée.
De faire tomber vos cheveux et grandir vos pieds.
De vous couvrir de boutons.

Et, juste à ce moment, une ombre inquiétante
surgit devant elles.
Horreur ! Elles n'ont rien entendu et Cyclamen
Citrouille est déjà de retour !
Leurs cheveux se dressent sur leur tête.
Elles ont envie de pleurer.
– Pardonnez-nous, Madame,
nous cherchons mon chat,
explique Martine poliment.
– Superlimouche ! crie Cyclamen
d'une voix terrible. J'ai envie
de vous faire pousser quatre oreilles
ou un gros nez rouge !
– Pas ça ! S'il vous plaît, pas ça !
supplie Nicole.

– Pardonnez-nous, Madame,
répète Martine.
Cyclamen Citrouille attrape
Martine par la manche
et Nicole en profite
pour sauter
par la fenêtre ouverte.

– Scoubibouchi ! Qu’est-ce que c’est que ces filles ? Elles entrent chez les gens, fouillent partout, sortent par la fenêtre… et, en plus, elles pensent que je suis une sorcière !
Sans lâcher Martine, de sa main libre, Cyclamen a plongé une cuiller dans le chaudron ouvert et maintenant elle la tend, pleine de la chose verdâtre :
– Goûte-moi cela ! ordonne-t-elle.
– Merci beaucoup, mais je n’ai pas faim, répond la petite fille, qui n’aime pas trop les poireaux ni les épinards.

– Avale d’un coup, sinon je te transforme en grenouille pour trois jours et trois nuits !
Martine a une boule dans la gorge. Pourtant, elle a le courage d’obéir…
La « chose » a le goût de la confiture de reines-claudes. Elle est même bonne..

Cyclamen Citrouille éclate de rire :
– Tu crois qu'une vraie sorcière saurait faire une confiture pareille ? questionne-t-elle.
– Parce que… parce que vous n'êtes pas une vraie sorcière ? murmure Martine.
– Bien sûr que non ! Suis-moi un peu par ici… Elle l'entraîne dans la petite pièce voisine et déroule une affiche sur laquelle il y a son portrait tout craché. Sous le portrait, il est écrit en grosses lettres :
« CYCLAMEN CITROUILLE, LA SORCIÈRE PRÉFÉRÉE DES ENFANTS. UN SPECTACLE À NE PAS MANQUER. »

Brusquement, Martine comprend la vérité. Elle a envie de rire. Cyclamen Citrouille est une comédienne, elle joue du théâtre !
D’ailleurs, elle est en train de lui expliquer :
– Tu vois petite, pour que je me sente à l’aise dans le rôle, il faut que je l’apprenne dans la vie… Tu veux bien qu’on soit amies, maintenant que tu sais tout ? Tu n’as plus peur de moi ?
Martine sourit et fait non-non de la tête. C’est vrai, elle n’a plus peur.
Alors Cyclamen Citrouille sourit aussi :
– Emporte donc deux pots de confiture, dit-elle. Un pour ta maman. Un pour ton amie Nicole. Et ce soir je vous invite à voir ma pièce.
Martine remercie puis elle sort, très contente.

Nicole l'attend dehors :
– Moustache est revenu ! annonce-t-elle. Il était chez...
Elle s'interrompt brusquement en ouvrant des yeux ronds :
– La sorcière t'a donné des confitures ?
Martine rit :
– Ce n'est pas une vraie sorcière, dit-elle. Je vais t'expliquer... et la prochaine fois tu attendras avant d'accuser les gens de faire pousser des verrues sur les mains de ta maman.
Puis elle se baisse pour caresser Moustache, qui ne se doute guère de l'histoire que les deux petites filles viennent de vivre à cause de lui.

martine
un mercredi pas comme les autres

GILBERT DELAHAYE - MARCEL MARLIER

Aujourd'hui mercredi, Martine et François, le fils du garde-pêche, se sont levés de bon matin pour aller explorer *La Héronnière.*

La Héronnière, c'est un étang avec une île au milieu.

– Tu verras des colverts, des hérons, des martins-pêcheurs, explique François. Entrons par ici. C'est plus court.

La grille est bloquée. Ce n'est pas facile de passer avec les vélos. Sur la pancarte, à l'entrée du bois, il est écrit : « Pêche interdite, sauf le mercredi. Les chiens ne sont pas admis. »

– Et Patapouf ? demande Martine.

– Mon papa ne dira rien.

Le garde-pêche est occupé à manœuvrer une vanne qui règle le débit du ruisseau.

– Patapouf peut entrer, dit-il, à condition de ne pas déranger Trompette, la poule d'eau. Sinon, elle abandonnera son nid et les petits seront perdus.

– Patapouf ne fera pas de sottises, monsieur.

Voici l'étang bordé de marronniers.

– Est-il profond ?

– Au bord, non. Au milieu, on pourrait se noyer. Est-ce que tu sais nager ?

– Oui, je sais… Ce camion, d'où vient-il ?

– C'est la camionnette de la coopérative. « Les Pisciculteurs Réunis ».

– Les pisciculteurs ?…

– Ce sont les éleveurs de poissons. Ils vendent les alevins de leur élevage. Les alevins sont déversés dans l'étang… Regarde, Martine. Il y en a des centaines : des carpes, des perches, des gardons.

– Ils seront bien, en liberté dans la nature.

Ce vieux moulin à eau sert de refuge au garde-pêche.
– C'est ici que mon père range le matériel, dit François.
– Ce poisson a l'air terrible !
– C'est un brochet que mon père a pêché l'année dernière dans l'étang… Un gros… Tu vois les dents ?
François voudrait bien attraper un poisson comme celui-là !
– Nous allons pêcher sur l'île. J'espère que papa me prêtera sa canne et son épuisette.

Le garde-pêche a répondu :
– D'accord. Prenez le radeau…
Et soyez prudents, les enfants ! Cet engin n'est pas commode à manœuvrer.
Les canards curieux approchent.
En voilà un qui s'installe sur le radeau.
C'est Adémar, le canard domestique.
François le connaît bien. Il vient de la ferme voisine.
Les cygnes n'aiment pas être dérangés.
Ils sont de mauvaise humeur.
– Laissez-moi passer ! aboie Patapouf.
Je vais à la pêche.

– Si on jouait aux explorateurs ? dit François…

Ce serait très dangereux… Il y aurait des Indiens partout.

– Moi, je n'ai pas peur. Je suis Adémar, le canard intrépide.

– Celui-là, c'est le Grand Chef ? demande Patapouf.

– Mais non !

C'est Baptiste, le fermier.

Tu vois bien qu'il pêche.

Il ne faut pas le déranger.

Un radeau ne se manœuvre pas
comme une brouette. Il faut le
diriger adroitement.
– Tu pousses avec la perche au
fond de l'eau, Martine…
Non, non, pas comme ça !
La perche ne doit pas rester
enfoncée dans la vase.
– François, je tombe…
Je tombe… Retiens-moi.

Voilà Martine à l'eau.
Heureusement, elle sait nager !

François est là pour la hisser
sur le radeau.
– Tiens bon, Martine !

Tout s'arrange. Martine a repris sa place à l'avant du radeau.
L'aventure continue.
– Cette bête-là, qu'est-ce que c'est ?
– C'est Trompette, la poule d'eau…
Laisse-la donc tranquille ! Mon père n'aime pas que l'on inquiète les poules d'eau.

En voilà trois qui s'enfuient en courant sur les feuilles de nénuphars.
– Moi aussi, dit Patapouf, je peux marcher sur les…
– Patapouf !… Patapouf !
Quel plongeon !

Tout à coup le vent s'est levé. Le radeau s'est mis à dériver. Impossible de le contrôler…

Cela devait arriver. Il s'est échoué dans les branches… On ne pourra jamais le dégager.

– Nous sommes bloqués sur l'île, dit François. Comment allons-nous rentrer ce soir ?… On trouvera bien un moyen.

Débarquons ici…

– Est-ce que tu es déjà venu sur cette île ?

François dit que non.

Il a l’air inquiet. (C’est pour taquiner Martine. Mais il sait bien que l’on peut s’aventurer par ici sans danger.)

– Quel endroit mystérieux !

– On se croirait dans la forêt vierge…

– Où sont les pirates ? demande Patapouf.

– Ce chien, qu’il est bête !…

On est bien sur l'île.
Pas de dragons qui crachent le feu.
Pas de pirates féroces.
Tout ça n'existe que dans les histoires.

François a toujours de bonnes initiatives.
– On est tout mouillés. Mettons nos vêtements à sécher sur la passerelle.

Les maillots, c'est pratique.
On peut patauger dans l'eau. Attraper des grenouilles.
Il y en a une là-bas qui se gonfle… qui se gonfle… qui se gonfle… On dirait qu'elle va éclater !
– Tiens, une libellule.

– Tout de même, dit François, j'aurais aimé attraper un brochet comme celui de papa. On l'aurait conservé dans le moulin à côté de l'autre.
– On pourrait peut-être le capturer avec l'épuisette ?

Un martin-pêcheur se pose sur l'extrémité de la canne. Il a de jolies couleurs. Quand il pêche, il plonge comme une flèche. C'est un oiseau extraordinaire. Oui, mais…

François a la tête ailleurs. Il s'interroge.
– Où est donc passé ce fichu brochet ?
– Ne t'en fais pas comme ça ! dit Martine. On finira par le trouver.

– Le voilà, ton brochet !… Je le vois.
Je le vois… Viens vite !
– Le brochet ? Où ça ?
– Il se cache dans les herbes entre deux eaux. Là !… Il est énorme.

Martine a raison.
François n'a jamais vu un brochet de cette taille.
Il doit avoir les dents comme des aiguilles.
On ne pourra jamais l'attraper. Quand le brochet chasse, tous les poissons s'enfuient.
C'est un redoutable carnivore.
– Attention, Patapouf !

Il est temps de penser au goûter que maman a préparé dans le panier.
Ce brochet ! on en parle encore :
– Ça doit peser lourd, un poisson pareil ! Un vrai petit crocodile.
– Un crocodile ?… Un crocodile ?…
Patapouf ne se sent pas très bien. (C'est comme s'il avait avalé un os de travers.)
– Eh bien, Patapouf ! Que fais-tu là, sous la table ?
– Je n'ai pas faim… J'ai peur du crocodile.
– Mais non ! Ce sont des blagues.
Ce n'est pas un crocodile.
C'est un brochet. Un bro…chet.
Tu comprends ? insiste Martine.
La prochaine fois, tu resteras à la maison.

– As-tu déjà vu des hérons, Martine ?

– J’en ai vu dans un jardin zoologique.

– Alors, grimpe dans mon arbre. Tu pourras en observer autant que tu voudras… Ne crains rien. Les branches sont solides.

Dans les arbres, c’est chouette. On se croirait sur un voilier.

Le vent souffle. Il faut se tenir tellement ça balance. On voit loin.

Ça fait une drôle d’impression.

D’ici, on découvre la héronnière. C’est l’observatoire du garde-pêche.

Dans la héronnière, il y a les hérons grincheux et ceux qui ont un caractère plus facile.

– Les autres, là, qu'est-ce qu'ils ont ? Ils sont si drôles !

– Ce sont les jeunes. Leurs plumes ne sont pas encore formées. Ils ne savent pas voler.

Quand le soir approche, les hérons dispersés aux alentours se rassemblent pour passer la nuit dans les arbres proches de l'étang. Il en arrive de partout. Les places sont rares. On se dispute à coups d'ailes, à coups de bec.

– C'est ma place. Poussez-vous !

– Non, c'est la mienne.

Quel remue-ménage !

C’est presque la nuit. Les hérons se calment.
Le silence descend sur la campagne.
Martine s’inquiète :

– Comment va-t-on quitter l’île ?

– Avec le radeau, pardi !

– Tu sais bien qu’il est inutilisable.

– Ah ! oui, j’oubliais… On pourrait regagner le moulin à la nage ?

– Non. J’ai peur de cette eau si noire.

– Allumons un feu.

– À l’aide !… Ohé ! Ohé !…

– Pourvu que ton père nous entende !

– Il nous entendra. C’est sûr. Il a l’oreille fine…

Le soir,
quand plus
rien ne bouge,
la nature
écoute.

La nuit s'installe. Une nuit de velours et de lune.

– Mon père se doutera bien que nous avons eu des ennuis avec le radeau. Attendons-le ici. Tout est si tranquille !…

On passera la nuit à la belle étoile.

Soudain un bruit de rames dans l'eau.

– Ohé !… François, Martine.

C'est le garde-pêche avec sa barque.

– Je vous ai entendus. Je me suis dit : « Les enfants sont bloqués sur l'île. Faut que j'y aille !… » Et maintenant, à la maison. Il est tard.

Ainsi s'achève un mercredi pas comme les autres. On entend les carpes qui s'ébattent dans l'étang. Les étoiles brillent. Demain, il fera beau.

martine
il court, il court le furet

GILBERT DELAHAYE - MARCEL MARLIER

Les vacances sont finies. Cette année, Martine est allée à la montagne avec ses grands-parents. Maintenant, il faut rentrer.
Grand-père préfère rouler la nuit pour éviter les embouteillages.
Patapouf est resté à la maison. Il ne supporte plus les voyages…
Ça le rend malade…

Comme la route est longue !
Bercée par le mouvement de la voiture,
Martine s'endort…

Quand elle se réveille,
la journée est déjà bien avancée.
– On est arrivés ?… Quelle heure est-il ?
J'ai dû dormir longtemps !
Grand-père a déjà déchargé les bagages…

Grand-mère s'affaire dans la cuisine.

– Bonjour, Mamy ! J'ai une faim de loup !
Je peux t'aider ?
– Bonne idée ! Va dans le jardin me cueillir une salade. Tu t'habilleras ensuite. Rapporte-moi aussi quelques fleurs pour décorer la table. C'est l'anniversaire de Papy aujourd'hui.

Martine adore le jardin de ses grands-parents. L'été, il regorge de légumes, de fruits et de fleurs. On y trouve aussi des plantes aromatiques que grand-mère utilise pour parfumer les plats. "C'est un vrai jardin de curé", dit-elle souvent en riant.

– Mamy… Mamy !
– Qu'y a-t-il donc ?
– Le jardin est dévasté !
Toutes les fleurs sont piétinées.

C’est grand-père qui va être en colère !
Tous les légumes sont grignotés.
Les choux, les salades ont l’air malades.
Quant aux carottes…
Mais qui a pu faire cela ? un maraudeur ?
un chat ? un chien ? les oiseaux ?
« À quoi sert d’avoir un épouvantail,
s’il ne fait peur à personne ? »
pense Martine.

– On n’aurait peut-être pas dû s’absenter
si longtemps, dit Mamy en posant
le couvert.

L'après-midi est chaude et calme.
Martine retrouve son petit coin de jungle tout au fond du jardin.

Elle se hisse dans son hamac et feuillette le livre qu'elle a emporté. Autour d'elle, on n'entend pas une mouche voler. Seul un merle siffle parfois dans le cerisier.

Martine a les yeux qui se ferment. Elle abandonne son livre.

Soudain, elle sursaute ! Il fait presque nuit. Que se passe-t-il ? Elle croit rêver. Quelque chose s'agite autour d'elle. On dirait une pelote de laine, avec des oreilles. Mais non, c'est un lapin… puis deux, puis trois ! Un bataillon de lapins !

– Papy, viens vite ! Il y a des lapins plein le verger !
– Des lapins ? Mais d'où viennent-ils ? Le temps d'allumer la lanterne, et tous ont disparu.

– Saperlipopette ! Ils ont rongé le pied des arbres que j'ai plantés cet hiver, et mes reines-claudes sont fichues ! Maudites bestioles !

Martine est inquiète :
– Dis, grand-père, tu ne vas pas les tuer ? Il faut les ramener au bois. Mais comment les attraper ?

Grand-père réfléchit :

– Nicolas, le fils du fermier,
a bien un élevage de furets, mais…

– Des furets ?

– Oui. Ils délogent les lapins de leurs terriers.
Va le voir. Il pourra peut-être nous aider.

– Bonjour, Nicolas ! Le jardin de grand-père est envahi par les lapins.
Il paraît que tu as des furets qui peuvent nous tirer d'embarras.
Peux-tu nous en prêter un ?

– Mais oui, bien sûr ! Je te présente Finaud. N'aie pas peur.
Celui-ci est le plus gentil, il ne mord pas. Mais fais quand même attention.
Il a les dents pointues comme des aiguilles.

– Qu’est-ce que tu lui donnes à manger ?
– Il adore les œufs. C’est pour ça que la poule s’en méfie. À part cela, on le nourrit comme un chat.
– Comme il est drôle ! s’écrie Martine. Tantôt on dirait une grosse souris,

tantôt un tout petit ours.

Attention !
Il se faufile partout.
Il aime jouer à cache-cache.
Je vous l’amènerai demain.

Le lendemain matin, Nicolas arrive avec son furet et des filets.
– Pourquoi tout cet attirail ? s'étonne Martine.
Nicolas lui explique alors comment les lapins creusent des galeries dans le sol, en laissant toujours une porte d'entrée et une porte de sortie. Il faut donc boucher tous les trous, sauf deux ou trois, où on pourra les capturer.

– Placez-vous à cet endroit avec les filets ! dit Nicolas.
On introduit Finaud dans la galerie.
Quel remue-ménage là-dedans !
Attention ! Ils sortent !
En voici un qui s'est fait prendre.
– Tiens bon, Martine !
Le lapin se débat. Gare aux coups de griffes !

Martine et grand-père savent
maintenant comment s'y prendre.
Mais une journée ne suffira pas.
– Je vous laisse Finaud,
dit Nicolas. Je viendrai le reprendre
quand vous aurez fini.

Deux jours plus tard, tout est
terminé. On enferme les derniers
lapins dans des cageots.

– Maintenant, nous allons les ramener dans le bois, dit Martine.
Ils y seront plus contents… et Papy aussi !

Martine et Finaud sont devenus d'excellents amis.
« Surtout, ne le laisse pas s'échapper ! » avait recommandé Nicolas.
« D'accord. Je ferai attention. »

Tout en se promenant, Finaud découvre le trou par lequel tous les lapins sont entrés dans le jardin.
– Il faudra dire à grand-père de bien le reboucher !

Finaud entraîne Martine en direction du cellier.
Voyons… où conduit cet escalier ?

Autrefois, on entreposait le cidre dans ces grands tonneaux.
Maintenant ils sont vides, mais ils sentent toujours bon le jus de pomme.
Toc, toc, toc… Y a-t-il quelqu'un là-dedans ?
Il fait noir comme dans un four.

Soudain, quatre… cinq… six petites choses
grises bondissent hors du tonneau.
– Hiiiiiii… ! ! ! des souris !
Qui sait depuis quand elles habitent
cette barrique ! Bravo, Finaud,
tu les as débusquées !

– Qu'y a-t-il dans ce vieux poêle à bois ? (Martine retient son souffle.)
Que va-t-on encore trouver ?

Les secondes, les minutes s'écoulent.
Finaud ne réapparaît pas.
– Finaud ? Finaud ?
On n'entend rien. Martine s'inquiète :
– S'il est perdu,
Nicolas sera très mécontent.

Martine s'impatiente. Elle tambourine
sur la buse du poêle.
Poufff… ! voilà qu'elle a pris
toute la suie sur la figure !
– Finaud… mais que fais-tu ?

Il a dû grimper
par le conduit
de cheminée.

Finaud est ressorti par ici. Il a laissé des empreintes sur le sol. On peut le suivre à la trace. Il va mettre de la suie partout !

Coucou ! le revoilà !

Dehors, grand-mère termine la lessive.
Elle a l'air de bonne humeur.
– Eh bien, d'où sortez-vous
tous les deux ? Vous êtes noirs
comme des charbonniers !

Un peu d'eau
et du savon et…
au bain le furet !

Martine espère s'en tirer en se débarbouillant seulement les mains et le visage. Mais grand-mère ne l'entend pas de cette oreille.
– Regarde-moi ces jambes ! et ces bras ! et ce cou !
Comment as-tu fait pour te salir de la sorte ?
Dans le baquet, ma fille ! Tout de suite !

Drelin… Drelin…
Une bicyclette s'approche.
On entend grincer la grille du jardin.
C'est Nicolas qui vient rechercher Finaud…
– Vite, je me cache !

– Bonjour, Nicolas.

– Bonjour, madame. Avez-vous encore besoin de Finaud ?

– Non, non. Tu peux le reprendre. Il n'y a plus un seul lapin. Ni au jardin, ni dans le verger. Tu nous as rendu un grand service. Papy est très content !

– Bonjour, Finaud. Mais il est propre comme un sou neuf ! Martine n'est pas là ?

– Elle était ici il y a une minute, mon garçon. Elle ne doit pas être bien loin… Elle ira te remercier avec son grand-père.

Nicolas suit du regard
une guêpe qui bourdonne.
Elle va se poser juste
sur le nez de l'épouvantail.
– Génial, votre bonhomme
de paille ! dit-il. Il a vraiment
l'air naturel !

Au revoir, madame ! À bientôt.

– Viens, Martine, Nicolas est parti. On la prend cette douche ?
– Tu as vu comme il m'a dévisagée. Et cette guêpe
qui m'agaçait. Crois-tu que Nicolas m'ait reconnue ?
– Bien sûr que non !
Alors Mamy se met à rire ! Et Martine avec elle.

martine
découvre la musique

GILBERT DELAHAYE - MARCEL MARLIER

Voici les vacances. Le papa de Martine a installé sa caravane sur le terrain de camping à la Grande Sapinière.
Martine a retrouvé ses amies Christine et Muriel.
À cette heure de l'après-midi, le camping est désert.
– Que se passe-t-il ? demande Christine, au retour de la baignade.
– Papa dit qu'il y a un défilé de fanfares à la ville voisine. Vous venez avec nous ?

– Dépêchez-vous ! Nous allons être en retard.
Vite, les bicyclettes et en route pour la fête.
Les curieux se pressent. Ils attendent que le défilé commence. Il en vient de partout : de la ville, des villages voisins, de la campagne. Les trottoirs sont envahis de touristes. Les uns bavardent. Les autres s'impatientent.

Comment trouver une place dans cette foule ?
– Venez là, mes enfants, dit une vieille dame. D'ici vous pourrez assister à la parade.
Les cuivres brillent. Une sonnerie résonne. La fête commence.
– Que veut-il, celui-là ? demande Patapouf… On dirait qu'il me fait signe.

La fanfare défile. Les tubas et les trombones à coulisse ouvrent la marche. Écoutez les tambours qui battent la mesure, les cymbales qui applaudissent, le carillon qui sonne. (Boum, boum, boum, vous entendez la grosse caisse ?)

Le trompettiste, le joueur de cor, le saxophoniste ont fière allure dans leur costume de fête.

Le cortège s’arrête. C’est la pause. On entoure les musiciens et les majorettes :

– Quel instrument bizarre ! Qu’est-ce que c’est ?

– C’est un bombardon.

– C’est dangereux ? demande Patapouf.

– Pas du tout. En voilà une question !

– Cet entonnoir, c’est pour quoi faire ?

– C’est une trompe de chasse.

– Une trompe de chasse !… Pour tirer sur les lapins ?

Vraiment Patapouf n’y connaît rien en musique.

– Tu me prêtes ton clairon ? demande Martine.

– Le clairon, c’est facile. Il suffit de souffler dedans.

– Oui, mais, il faut avoir la manière !…

… Le violon, c'est mieux. Ou peut-être le violoncelle ?
– Tu aimes vraiment la musique ? demande la monitrice des majorettes.
Ma cousine Isabelle est violoncelliste. Elle participe au concert.
J'ai deux invitations. Viens avec moi.
Martine arrive au concert comme convenu.
– Où est ta cousine ?
– C'est celle qui a une robe blanche… tu la vois ?…
– Chut !… On ne parle pas pendant le concert !

À l'entracte, Martine fait la connaissance d'Isabelle.

– Comment devient-on violoncelliste ?

– Viens donc à la maison mardi, je t'expliquerai. Nous avons le temps. Ce sont les vacances.

– Je veux bien, dit Martine.

– N'oublie pas de prévenir tes parents… C'est d'accord ?

– D'accord. Je les avertirai.

Le concert terminé, Martine se dépêche de retourner au camping. Il se fait tard. Finie la fête…

Pas tout à fait. Voici de joyeux accordéonistes qui ne demandent qu'à s'amuser encore un peu.

– Veux-tu que l'on joue la danse des canards ?

– Je dois rentrer, dit Martine. C'est l'heure.

– Allons ! Ce n'est pas tous les jours la fête.

Papa et maman, inquiets et fâchés, attendent Martine devant la caravane :
– Tu es en retard. Qu'est-ce qui t'arrive ? Tu es tombée à vélo ?
– Mais non. Tout va bien. J'ai fait la connaissance d'Isabelle.
– Isabelle ?... Qui est-ce ?
– C'est ma nouvelle amie... Je l'ai rencontrée au concert. Elle joue du violoncelle. Elle veut bien m'apprendre... Est-ce que je peux aller chez elle mardi ?
– Tu vas déranger ces gens !
– Mais non. Isabelle est très gentille. Et puis, elle dit que c'est les vacances... Tu veux bien ?...

Le papa de Martine a téléphoné chez Isabelle. C'est son grand-père qui a répondu :

– Si nous attendons Martine ? Bien sûr ! Qu'elle vienne à la maison quand elle veut. Isabelle m'a parlé d'elle.

Nous déranger ? Pensez donc ! ma petite-fille sera très heureuse de lui donner des conseils…

Papa est d'accord : Martine peut rendre visite à sa nouvelle amie.

– Commençons par un jeu pour voir si tu as de l'oreille, suggère Isabelle.
– Versons de l'eau dans ces verres. Celui-ci à moitié. Celui-là aux trois-quarts. Encore un autre jusque-là.
– Et ensuite ? interroge Martine.
– Fais tinter ce verre-ci… Écoute celui-là… Tu entends la différence ?… Il existe des sons aigus, des graves, des intermédiaires. Les compositeurs transcrivent les sons sur du papier à musique au moyen de signes appelés notes…
Maintenant j'ai une surprise pour toi.

– J'ai commencé à jouer du violoncelle quand j'avais ton âge, dit Isabelle. J'étais très fière quand j'ai reçu mon premier instrument.
– Et qu'en as-tu fait ?
– Nous l'avons conservé. Grand-Père disait :
« Garde-le. Un jour peut-être tu seras contente de le retrouver. »
– C'est celui-là ? demande Martine.

– Oui. Je suis sûre qu'il te conviendra. Il est encore un peu trop grand pour toi. Mais cela devrait aller.
– Je peux l'essayer ?
– Bien sûr, mais auparavant, il faut le remettre en état.
– Que fais-tu ? dit Martine.
– Je remplace les cordes qui sont cassées. Ensuite je vais accorder l'instrument.

En quelques jours, Isabelle et Martine sont devenues d'excellentes amies. Martine attend chaque leçon avec impatience.

– Pourquoi fait-on glisser les doigts le long de la touche ?

– Cela raccourcit la portée de la corde. Selon la position des doigts, on obtient les différentes notes.

– J'aimerais bien jouer quelque chose.

– Essaie donc d'exécuter une gamme correctement en pinçant les cordes. Tu entends comme elles vibrent ?… Recommence. Exerce-toi… La prochaine fois je t'apprendrai comment tenir ton archet.

Deux, trois fois par semaine, Martine se rend chez son amie. Elle apprend des tas de choses.

– Fais glisser ton archet sur les cordes.

– Oh là, là, ça grince !…

– Ne sois donc pas si raide. Détends-toi !

Martine déchiffre encore avec peine une partition. Pas facile ! Les notes courent sur la portée comme des mouches. L'archet, les doigts, la mesure, quel casse-tête ! Voici deux semaines qu'elle s'exerce avec application.

Cette nuit-là, tout le monde dort dans la caravane et Martine fait un rêve étrange. Elle joue du violoncelle devant un paysage de montagnes. Martine éprouve une sensation merveilleuse.
Soudain, un doigt se place de travers sur la touche. Une corde pleure. C'est la fausse note.
– Hou ! Hou ! Mauvais !… Mauvais !…
fait patapouf.

Le lendemain, Martine arrive chez Isabelle l'air préoccupé.

– Quelque chose ne marche pas ?... Raconte-moi.

– Je crois que je n'arriverai jamais à jouer du violoncelle. C'est trop difficile. Cela me donne des cauchemars.

– Mais non ! Ne te laisse pas décourager par un mauvais rêve. Au début ce n'est pas facile. Il faut de la patience.

– Allons, dit Grand-père, venez goûter.

Les jours passent. Quand le temps est beau, on s'installe au jardin, Isabelle a raison : Martine fait des progrès. Grand-Père est du même avis. Pourtant, quelque chose chiffonne Martine : la fin des vacances approche.

– Pourquoi te tracasser ainsi ? s'inquiète Isabelle.
– Je ne serai jamais violoncelliste, répond Martine. Les vacances ont été trop courtes ; je ne suis encore nulle part et Papa ne voudra pas que je m'inscrive au conservatoire.
– Pourquoi pas ?... Il doit y avoir une solution. Je vais en parler à Grand-Père. Il a toujours d'excellentes idées.
Grand-Père décide d'aller voir le papa de Martine.

Lorsque Grand-Père arrive au terrain de camping, Papa est déjà en train de préparer la voiture pour le retour des vacances.
Il invite le vieux monsieur à discuter dans la caravane. Papa et Maman l'interrogent sur les progrès de Martine.
– Justement je viens à ce propos. Martine a des dons pour le violoncelle.
– …
– Si, si. Croyez-moi. Ce serait dommage qu'elle ne continue pas. Pourquoi n'irait-elle pas au conservatoire à la rentrée ?
– Le conservatoire, soit !… Mais le violoncelle ?
– Pour le violoncelle, nous allons arranger cela.

Grand-Père, à son retour, annonce :

– Pour le conservatoire, ton papa est d'accord, Martine.

– Oui mais, comment faire sans violoncelle ?

– Je te prêterai celui-ci le temps qu'il faudra, propose Isabelle. Il est bien trop petit pour moi… Si tu n'acceptes pas, cela me fera de la peine.

– Oh ! merci, dit Martine en rougissant de plaisir.

Ainsi se terminent les leçons de violoncelle…
et les vacances

– On se reverra, n'est-ce pas Isabelle ?

– Bien sûr, Martine. On se reverra.

D'après les personnages créés par Gilbert Delahaye et Marcel Marlier / Léaucour Création.
Imprimé en Chine par Leo Paper.
Dépôt légal : octobre 2004 ; D. 2004/0053/246.

Déposé au Ministère de la Justice, Paris
(Loi n° 49.956 du 16 juillet 1949 sur les publications destinées à la jeunesse).